Blickwinkel –
Ankunft & Aufbruch

Cathrin Tebarth

www.novumverlag.com

Bibliografische Information
der Deutschen Nationalbibliothek:

Die Deutsche Nationalbibliothek
verzeichnet diese Publikation in
der Deutschen Nationalbibliografie.
Detaillierte bibliografische Daten
sind im Internet über
http://www.d-nb.de abrufbar.

Alle Rechte der Verbreitung,
auch durch Film, Funk und Fernsehen,
fotomechanische Wiedergabe,
Tonträger, elektronische Datenträger
und auszugsweisen Nachdruck,
sind vorbehalten.

© 2016 novum Verlag

ISBN 978-3-95840-132-7
Lektorat: Dr. phil. Ursula Schneider
Umschlagfoto:
wacomka | Dreamstime.com
Umschlaggestaltung, Layout & Satz:
novum Verlag

Gedruckt in der Europäischen Union
auf umweltfreundlichem, chlor- und
säurefrei gebleichtem Papier.

www.novumverlag.com

Für Christian, der mich inspiriert hat, wieder zu schreiben

Arrival

Von jeher war ich fasziniert von dieser Atmosphäre.

Abflüge in die Freiheit – manchmal für immer. Verabschiedungen, Tränen der Wiedersehensfreude. Mit einem Wort – das pure Leben auf einem Terrain von wenigen Quadratmetern. Der Hauch von Freiheit, Schweiß, Liebe und Erwartungen, geballt in einem Gebäude.

Der Flughafen – für mich der spannendste Ort menschlicher Begegnungen.

Ich erinnere mich noch ganz genau an meinen ersten Aufenthalt. Im Alter von zehn Jahren flog ich mit meiner Familie nach Mallorca. Ja, weiß Gott nicht das spannendste Ziel, aber das war unwesentlich. Selbst der Flug, den ich als angenehm, ja, sogar beruhigend empfand, war nicht das, was mich so beeindruckt hatte. Nein, es waren die zwei Stunden, mitten in der Nacht, die ich erleben durfte in diesem Mikrokosmos der Begegnung und Anekdoten des Schicksals.

Wir saßen in einem der überteuerten Cafés des Abflugterminals und warteten dort aufs Boarding. Neben uns unterhielten sich zwei Männer in einer mir fremden Sprache. Sie waren dunkelhäutig und trugen lange, tunikaartige Gewänder. Ihre Sprache und ihr Geruch waren exotisch und machten mich neugierig. Ich überlegte mir, woher sie wohl kämen, und machte sie in meiner kindlichen Fantasie kurzerhand zu Kalif Storch und seinem Begleiter.

Dreißig Jahre und unzählige Flugreisen quer über den Globus später bin ich mehr denn je neugierig auf das, was mich erwartet, sobald ich einen Flughafen betrete.

Nun sitze ich wieder in einem Sessel dieser überteuerten Cafés der Arrival-Lounge.

Vor mir ein Milchkaffee.

Draußen scheint die Oktobersonne in ihrem charmantesten Gold.

Neben mir auf dem Boden liegt mein Handy, verbunden mit dem Anschlusskabel, das ich mit der Steckdose am Fußboden verbinden konnte. Gut – diese Möglichkeit.

Natürlich bin ich viel zu früh, die Maschine landet erst in zwei Stunden. Aber das habe ich bewusst entschieden.

Schließlich gibt es nichts Vergleichbares mit der Vorfreude und selbstverständlich nichts Spannenderes, als hier zu sein.

Ich ziehe zwei Zahnstocher aus dem silbernen Gefäß, das neben der Menükarte auf meinem Tischchen steht.

Er wird sich darüber freuen. Er ist verrückt nach Zahnstochern.

Die Luft riecht nach Nelke und Chanel Nr. 5, was an meiner Tischnachbarin liegt. Eine ca. fünfzigjährige Frau, die aus dem Orient stammt.

Ihre Augen sind tiefschwarz und voller Glanz, als sie mich anlächelt. Ich lächle zurück und frage mich, auf wen sie wohl wartet. Plötzlich strahlt sie noch mehr als zuvor und springt auf. Ich schaue ihr nach, wie sie mit zielstrebigen Schritten Richtung Schiebetür läuft.

Die Tür, aus der nacheinander immer wieder kleine Grüppchen der Ankommenden schreiten. Sie breitet ihre Arme aus und ihr Lachen und Schluchzen durchströmt den gesamten Arrival-Bereich. Mittlerweile bin ich wohl nicht mehr der einzige Mensch, der zu ihr hinüberschaut. Die alte Frau, die wahrscheinlich die neunzig überschritten hat und von ihr umarmt und gedrückt wird, verfällt ebenfalls in ein wahres Freudengeschrei. Ich tippe auf Mutter und Tochter und freue mich an dieser Wiedersehensfreude. Die beiden stehen noch minutenlang fest umschlungen, da brummt plötzlich mein Handy.

Huhu – habe Verspätung. Der Anschlussflug in Paris geht erst in zwanzig Minuten. – Bin total fertig – freue mich auf dich. –

Ich schreibe schnell zurück:

Macht nichts. Ruhe dich aus – vielleicht kannst du ja etwas schlafen. Freu mich auch auf dich, so sehr. ☺

Ich bezahle und verlasse den Flughafen für eine kleine Pause. Draußen an der kühlen, klaren Herbstluft stecke ich mir eine Zigarette an. Der richtige Moment, um eine zu rauchen. Nach einigen Zügen kommt ein Mann auf mich zu. Er sieht älter aus, als er vermutlich ist. Tiefe Falten um die Mundwinkel und ein zynischer Blick. Er versucht, höflich zu sein, als er mich um Feuer bittet, aber er wirkt aalglatt. Ich reiche ihm mein Feuerzeug und komme nicht umhin, zu bemerken, dass seinen Hosenstall geöffnet ist. Frappierend dieser Kontrast zu seinem makellosen Outfit. Der Anzug armani-teuer, die Krawatte vor lauter Seide protzig und die Schuhe garantiert handgenäht. Gierig inhaliert er den Rauch. Dann drückt er die halb aufgerauchte Zigarette in den Aschenbecher, als wenn er seinen ganzen Frust mit ihr ausdrücken wolle. Ich schaue auf den Boden und versuche, mich auf etwas anderes zu konzentrieren. Doch ich kann nicht überhören, was nun passiert. Er telefoniert.

„Hallo Schatz. Fliege gleich ab – ja, den schwarzen Anzug habe ich dabei. Ja, das Meeting beginnt in vier Stunden. Melde mich dann morgen, wenn es zeitlich passt. Grüß die Kinder lieb. Ja – ja, ich auch."

Ich blicke auf und mein Blick streift seinen für einen kurzen Moment. Mit der rechten Hand fährt er durch sein schütteres Haar, dann streift er seine Krawatte ab und steckt sein Handy in die Hosentasche. Er geht wieder hinein. Er hinterlässt einen Geruch von nervösem Schweiß. Ich folge ihm.

Wieder drinnen in der Ankunftshalle hab ich ihn jedoch verloren. Wohin kann er so schnell verschwunden sein?

Meine Augen erblicken das WC-Zeichen und meine Blase sagt mir, das wäre jetzt eine gute Idee.

Ich betrete also den zweiten Mikrokosmos, denn die Damentoilette des Flughafens ist wirklich noch mal eine Welt für sich. Nirgendwo sonst schauen sich die Frauen genauer im Spiegel an, richten, ungeniert aller Beobachter, länger ihr Haar oder ziehen den Lippenstift nach. Sei es, weil sie dem Tod beim Absturz mit letzter Würde oder dem Beginn ihrer Reise oder eben dem Menschen, den sie abholen, mit möglichst graziler Weiblichkeit begegnen wollen. Mitunter habe ich schon beobachtet, wie Frau sich komplett umgezogen hat, da das Reiseziel zwanzig Grad wärmer oder der Anzutreffende zwanzig Jahre jünger war. Ich verlasse erleichtert die Toilette und bewege mich Richtung Waschraum. Während ich die Seifenspendertaste drücke, erblicke ich im Spiegel ein Lächeln.

Die Frau, der dieses Lächeln gehört, ist die Toilettenfrau. Sie sitzt auf einem Hocker und strahlt mich an. Ihre Gestalt, die eher kräftig ist, und ihr dunkle Haut erinnern mich an die Großmutter meiner besten Freundin. Ich lache zurück und bewege meinen Kopf zu einem höflichen Gruß. Ihre Haare sind hochgesteckt und ihre Hände ruhen in Bethaltung auf ihrem Schoß. Ich hole meinen Lippenstift aus meiner Handtasche und beginne, ihn neu aufzutragen.

„Sie sind schön genug, meine Liebe."

Nun drehe ich mich zu ihr um. Ich schließe die Augen für einen Moment, wie ich es immer tue, wenn ich auf mein Aussehen angesprochen werde. Es passiert mir immer wieder. Ja, natürlich ist es besser, als nicht wahrgenommen zu werden, aber es macht mich verlegen, weil mir anderes viel wichtiger ist. Ich blicke kurz zu Boden, dann wieder auf sie.

„Danke. Wenn Sie meinen!" Ich lächle sie an. Dann zwinkert sie mir zu.

„Auf welche besondere Person warten Sie denn nun schon so lange?" Sie fängt an, aus tiefster Brust zu lachen, und ich muss automatisch mitlachen.

„Woher wissen Sie …?"

„Nun ja – Liebe – Sie waren vor einer Stunde schon mal hier drin, das kommt eher selten vor bei den Abholern."

Ich blicke verlegen zur Seite.

„Außerdem strahlen Sie so!"

„Hm – und Sie auch."

Ich lege ihr eine Zweieuromünze auf ihren Teller. Da legt sie ihre Hand auf meine.

„Ich wünsche Ihnen noch einen schönen Tag!"

„Danke! Ihnen auch!"

Ich drehe mich um und will den Raum verlassen, aber plötzlich halte ich inne und drehe mich zu ihr. Ohne groß nachzudenken, frage ich sie:

„Wieso arbeiten Sie hier?"

Sie schaut mich an, ganz tief und lange. Ich warte auf ihre Antwort. Gerade, als ich mich frage, wieso ich ihr diese Frage gestellt habe, antwortet sie:

„Ich wollte in einem Raum arbeiten, in dem ich sicher sein kann, dass kein Mann ihn je betreten wird."

Nun sehen ihre Augen tief und verloren aus.

Ich verstehe sofort und gehe unverwandt zu ihr. Ich nehme ihre Hand und halte sie einen Moment. Dann lasse ich langsam los und nicke ihr zu. Nun verlasse ich den Raum.

Langsam schlendere ich Richtung Proseccobar. Das ist jetzt wohl genau das Richtige.

An der ovalförmigen Bar im Retrostil sitzen fast ausschließlich Geschäftsleute. Aktentaschen, Handys, Laptops und genervte Blicke schmücken das Feld. Das Licht über der Theke schimmert pink und versetzt schon am Nachmittag in Abendstimmung. Mein Aufenthalt hier wird nur von kurzer Dauer sein – aber ein Prosecco tut mir jetzt gut. Also setze ich mich an die Bar und warte, bis der Typ dahinter mich um meine Bestellung bittet.

„Einen Prosecco bitte – ach, und haben Sie vielleicht Oliven?"

„Nein, da muss ich leider passen. Aber Erdnüsse könnte ich Ihnen bringen."

Der Mann, der mir dies mit einem etwas lausbübischen Lächeln anbietet, ist vermutlich Anfang dreißig. Seine Stirn glänzt ein wenig und ich registriere sofort, dass er Maskara benutzt.

„Nein! Vielen Dank. Oliven wären jetzt fantastisch gewesen. Aber nicht weiter schlimm."

Ich blicke mich um und schaue auf die große Anzeigetafel. Noch 1,5 Stunden, dann landet Flug 4U9451.

Während ich meinen Rock glatt streiche, wird mein Prosecco serviert.

„Prösterchen!"

„Vielen Dank!"

Ich trinke einen Schluck und schließe die Augen für einen kurzen Moment. Da nehme ich wieder diesen Geruch von vorhin war. Ein süßlicher Schweißgeruch. Als ich die Augen öffne, blicke ich meinen Rauchgesellschafter von eben an.

Er sitzt mir gegenüber an der anderen Seite der Bar. Hatte er nicht zu seiner Frau gesagt, er würde gleich abfliegen? Was sucht er dann hier im Arrival-Bereich?

Die Antwort gibt mir seine Sitznachbarin. Eine blutjunge Stewardess. Ihre Uniform sitzt knalleng und ihr Dekolleté ist von eher prominenter Natur. Sie sitzt fast auf seinem Schoß und flüstert immer wieder in sein Ohr. Ich trinke den zweiten Schluck aus meinem Glas und blicke auf mein Handy. (Das würdest du lieben, Spatzerl. Du verpasst gerade etwas!)

Noch einmal schaue ich hinüber und merke nun, was es ist, das mich gerade so in den Bann zieht.

Es ist die Metamorphose dieses Mannes. Vor einer halben Stunde wirkte er noch alt und verbissen. Ein unsympathischer Bürotyp. Aber jetzt, wo er da sitzt neben seinem Jungbrunnen, da wirkt sein Gesicht entspannt und das Glucksen seines verspielten Auflachens nach jeder neuen Ohrbotschaft macht ihn fast sympathisch.

Ein unsanfter Schubser an meiner Schulter entlässt mich aus meinen Gedanken.

„Oh – Entschuldigung, gnädige Frau."

Ein älterer Mann mit Schnauzbart grinst mich etwas unbeholfen an.

„Schon gut – nichts passiert!"

Er setzt sich auf den Hocker neben mir und bestellt sofort ein Bier. Der Barkeeper begrüßt ihn recht vertraut und schaut dann etwas mitleidig auf mich. Ich fange an, mit meinem Armband zu spielen. Meinem Nachbarn wird sein Wunsch serviert. Er trinkt das Glas in wenigen Sekunden leer. Sein Geruch ist unangenehm und ich sehe, dass seine Hände zittern, als er das leere Glas auf den Tresen stellt.

„Ein herrlicher Oktobertag heute, nicht wahr?"

Oh nein! Kein Small Talk jetzt – da steht mir nicht der Sinn nach.

„Ja, das stimmt!"

Ich frage den Barkeeper, ob es in Ordnung sei, das Glas mit nach draußen zu nehmen. Eine weitere Zigarette wäre jetzt nicht schlecht. Er nickt mir verständnisvoll zu und entlässt mich aus der Situation. Die Sonne steht nun schon ziemlich tief. Nicht mehr lange und es wird dämmern. Ich krame meine Schachtel aus der Handtasche und suche nach meinem Feuerzeug.

„Darf ich Ihnen aushelfen?"

„Ja, danke! Ich finde nie etwas in meiner Tasche. Zumindest kann es dauern!"

Ich lasse mir Feuer geben und inhaliere. Gewöhnlich rauche ich nicht, aber in Sommernächten, am Meer und vor allem am Flughafen ist es anders. Der freundliche Mann, der mit mir raucht, trägt eine rote Brille und eine schwarze Baskenmütze. Er hat ein kleines Bäuchlein, aber er sieht trotzdem gut aus.

Ein schwarzer Mantel – etwas zu warm für diese Jahreszeit – und ein grauer Schal schmücken ihn. Er hält die Zigarette weit von sich, als hätte er eigentlich Angst vor ihr.

Er ist mir sofort sympathisch. Nun fragt er mich lächelnd:

„Ist es nicht immer wieder aufregend, jemanden abzuholen?"

Ich blicke ihn an und muss herzlich lachen.

„Ja und wie. Ich liebe es!"

Er steigt ein ins Lachen und plötzlich können wir gar nicht mehr aufhören.

„Ah – verrückt, beim Rauchen trifft man die nettesten Menschen – darf ich mich vorstellen – mein Name ist Valentin!"

„Welch schöner Name, ich heiße Antonia. Meine Freunde nennen mich Toni!"

Ich muss noch einmal auflachen. Ich mag diesen Kerl. Ich mag seine offene und freundliche Art. Er darf so mit mir sprechen, habe ich gerade entschieden.

„Hm, sagen wir mal, ein sehr lieber, besonderer Freund."

Er schaut mich direkt an und seine kleinen, blauen Augen, von unzähligen Lachfalten umrandet, blitzen auf.

„Schön – wie schön!"

„Und wie steht es bei Ihnen, Valentin?"

Jetzt blickt er etwas nervös zur Seite und dann fasst er sich an seinen grauen Dreitagebart.

„Ach – das ist eine sehr lange Geschichte."

„Ich verstehe!"

„Hast du noch Zeit? Ich meine, ich muss noch drei Stunden warten, bis er ankommt. Bin schon tierisch aufgeregt ... also, falls du noch Zeit hast?"

Ich bin erstaunt. Da wartet jemand ja noch länger als ich. Mein Interesse ist geweckt. Wieder muss ich herzlich lachen.

„Wie schön. Bin ich ja doch nicht die Einzige, die sich hier stundenlang aufhält. Ich liebe alle Geschichten und ja, ich habe noch Zeit!"

„Supi – sollen wir einen Kaffee trinken gehen?"

„Ja, sehr gerne!"

Wir drücken unsere Zigaretten im Aschenbecher aus und betreten wieder das Gebäude des Flughafens.

„Sollen wir in das kleine Café neben der Buchhandlung gehen? Die haben so leckere Sandwiches. Ich habe ehrlich gesagt etwas Hunger!"

„Ja, gerne – etwas zu essen kann nicht schaden!"

Also laufen wir Richtung Buchhandlung. Vielmehr rennen wir, da Valentin ein ziemliches Tempo vorgibt. Plötzlich bleibt er vor einer Herrenboutique stehen.

„Schau mal – ist das nicht ein cooler Schal! Ich überlege die ganze Zeit, ob ich ihn mir gönnen soll!?"

Ich schaue auf die Schaufensterpuppe. Blaues Sakko und knallgelber Schal. Der Schal ist bedruckt mit kleinen grauen Vögeln. Sieht echt gut aus.

„Valentin – er würde dir gut stehen. Was überlegst du noch?"

Er strahlt mich an und nimmt meine Hand. Ein angedeuteter Handkuss folgt.

„Meine Liebe – einen Moment bitte. Bin sofort wieder zurück."

Zwei Sekunden später ist er im Laden verschwunden. Ich beobachte ihn, wie er der Verkäuferin per Handzeichen zu verstehen gibt, dass er gerne den Schal aus dem Schaufenster hätte. Diese entkleidet die Puppe und läuft zurück zur Kasse. Er zückt seine Karte und kann es kaum abwarten, bis sie ihm das Objekt der Begierde aushändigt. Dann ist er auch schon wieder draußen.

„Ach, herrlich – manchmal braucht man einen Anschubser. Jetzt hast du dir aber wirklich einen Kaffee verdient. Danke fürs Warten."

Ich lache und freue mich auf seine Geschichte. Wir betreten das kleine Café hinter der Buchhandlung. In der Ecke am Fenster ist noch ein Zweiertisch frei. Ich liebe Plätze in der Ecke – da hat man den besten Blick auf das Geschehen. Aber nun ist meine ganze Aufmerksamkeit auf mein Gegenüber konzentriert.

„Also – bin ganz Ohr. Auf wen wartest du?"

Valentin legt seine Mütze ab. Darunter findet sich zwar kein Haar mehr, aber das schadet ihm nicht. Er lächelt etwas verlegen und dann wird sein Blick traurig.

„Eigentlich warte ich schon seit 32 Jahren."

Die Kellnerin kommt und fragt, was wir wünschen.

„Zwei Milchkaffee und zwei Croissants – richtig?"

Ich warte auf sein Nicken, und nachdem es kommt, nicke auch ich noch mal zur Kellnerin.

„Genau mein Flavour – lustig!"

„Also 32 Jahre sind eine lange Zeit!"

Er schaut mich an und seine Augen werden etwas feucht.

„Ja, aber es hat sich gelohnt. Vor 32 Jahren habe ich eine Zeit lang auf Sizilien gearbeitet. Ein Job in den Semesterferien. Da habe ich ihn kennengelernt. Er war Postboote und brachte jeden Morgen die Post in die kleine Trattoria, in der ich gekellnert habe. Bei mir war es Liebe auf den ersten Blick."

Der Kaffee und die Croissants werden serviert. Ich blicke auf zur Kellnerin und bedanke mich, dann bin ich wieder ganz bei meinem Gegenüber.

„Er war verheiratet. Jeden Tag sprachen wir miteinander. Er zeigte mir Bilder von seiner Frau und seinem kleinen Sohn. Aber ich konnte nicht mehr zurück. Es war einfach um mich geschehen. Der Höhepunkt des Tages war der Moment, wenn er unsere Trattoria betrat, und danach wäre ich am liebsten wieder in mein Bett gekrochen, um auf den nächsten Tag zu warten. Kennst du das?"

Ich schaue Valentin an und mein ganzes Herz sagt Ja.

„Ja, das kenne ich!"

„Nach vier Wochen habe ich mir dann all meinen Mut zusammengenommen und ihn gefragt, ob er nach Feierabend auf einen Wein mit zum Strand komme. Ich bin fast gestorben vor Angst, dass er Nein sagen könnte. Aber er kam. Wir haben stundenlang geredet. Ich war überglücklich. Er hat mir erzählt, wie unzufrieden er sei und dass seine Ehe nicht glücklich verliefe. Wir haben uns von da an jeden Tag getroffen. Dann kam der Tag der Abreise und ich dachte, ich müsse sterben. Er brachte mich zum Flughafen. Ich wusste nicht, ob ich ihn jemals wiedersehen würde, und vielleicht deshalb habe ich mich getraut, es ihm zu sagen. Zwei Minuten, bevor ich in die Maschine steigen musste, habe ich ihn umarmt und ihm gesagt, dass ich ihn liebe. Dann habe ich mich umgedreht aus Angst, er knalle mir eine, und bin in die Maschine gerannt."

Valentin räuspert sich und streicht sich über seine Glatze. Er wirkt aufgewühlt und ich lege meine Hand auf seine.

„Wie mutig und wie wunderbar! Und was ist dann passiert?"

„Dann habe ich Wochen um Wochen gewartet auf ein Lebenszeichen von ihm. Ich hatte ihm meine Adresse gegeben. Jeder Tag war ein kleiner Albtraum. Ich konnte nicht mehr schlafen und habe 12 Kilo abgenommen. Meine Mutter dachte schon, ich hätte Krebs. Ich sah nur ihn. Ich habe geträumt von ihm. Wenn ich wach wurde, war er mein erster Gedanke. Ich habe angefangen, die Küche zu streichen, statt abzuwaschen. Ich war total fertig. Dann habe ich es nicht mehr ausgehalten. Ich fuhr eines Morgens zum Flughafen – ohne Gepäck. Ich stieg ins erste Flugzeug nach Sizilien und ich wusste, es ist das Richtige. Ich brauchte einfach Klarheit."

„Ja, das hätte ich auch gemacht!"

Ich nahm das Croissant in meine Hand und führte es zum Mund.

„Mm – die sind ja noch warm!"

„Oje – ich glaube, ich kann gar nichts essen. Bin viel zu nervös – aber bitte, das soll dich nicht davon abhalten."

„Was ist dann passiert? Hast du ihn zur Rede gestellt?"

„Nein, ich habe vor Ort geschlagene zehn Tage gewartet und gar nichts getan. Die Angst war auf einmal so groß. Dann bin ich eines Morgens am Hafen entlang geschlendert. Ich schaute hinauf aufs Meer und dachte natürlich wieder an ihn. Plötzlich rief mich jemand beim Namen. Ich habe sofort seine Stimme erkannt. Er saß in einem der kleinen Boote und winkte mir zu. Ich konnte es erst nicht fassen. Aber er war es. ‚Valentino!', rief er. ‚Valentino!' Dann winkte er mir zu, ich solle zu ihm ins Boot kommen. Ich stieg zu ihm ins Boot und er schmiss sofort den Motor an. Wir fuhren hinaus aufs Meer und redeten kein Wort. Stundenlang trieben wir auf dem Wasser ohne ein Wort. Dann nahm er plötzlich meine Hand und sagte mir, dass er sich freuen würde, mich wiederzusehen."

Plötzlich hält Valentin inne und schluckt.

„Alles gut bei dir?", frage ich ihn.

Er zittert ein bisschen und trinkt seinen Kaffee.

„Ja, es ist nur immer wieder bewegend, wenn ich daran denke. 32 Jahre ist das nun her und ich sitze immer noch auf dem Boot und kann mein Glück kaum fassen."

„Ist er dann mit dir nach Deutschland gekommen?"

Valentin schaut mich etwas überrascht an und lacht hysterisch auf.

„Nein – wo denkst du hin? Ich warte seit 32 Jahren darauf. Und heute hole ich ihn ab. All die Jahre habe ich auf ihn gewartet. Er hat lange gebraucht, um sich seine Liebe zu mir einzugestehen, und als er dies endlich konnte, da hat er es nicht übers Herz gebracht, seine Familie im Stich zu lassen. So ist er eben. Dafür liebe ich ihn auch. Obwohl ich Höllenqualen durchleiden musste."

„Wie, dann hast du all die Jahre auf ihn gewartet?"

„Ja, natürlich. Ein bis zwei Mal im Jahr bin ich zu ihm geflogen und konnte ihn sehen. Aber er war noch nie in Deutschland."

„Und wieso kommt er nun?"

Valentin schaut zu Boden.

„Er hat seine Frau verloren. Sie ist vor zwei Monaten gestorben – Brustkrebs. Es war schrecklich."

„Oh mein Gott."

Ich trinke meinen Kaffee aus. Das Croissant kann ich nun auch nicht mehr essen.

„Und nun kommt er zu dir und ihr fangt euer gemeinsames Leben an? Ich freue mich für dich!"

„Ja, ich kann es gar nicht fassen. In zwei Stunden wird er hier sein. Hoffentlich! Ich habe so Angst, dass er nicht kommt. Es ist alles so irreal."

„Doch, er wird da sein, ganz bestimmt. Kom, lass uns noch eine rauchen gehen! Ich glaube, das brauchst du jetzt."

„Ja, gute Idee!"

Wir verlassen das Café und schlendern an den Geschäften vorbei Richtung Ausgang. Als wir an der Proseccobar vorbeikommen, beobachte ich, wie der Barkeeper den mittlerweile offensichtlich betrunkenen Schnurbartträger versucht zu überreden, keinen weiteren Drink mehr zu bestellen. Der jedoch wirft immer wieder beide Hände in die Luft und schwankt dabei besorgniserregend auf seinem Barhocker. Mein Blick wendet sich ab Richtung Ausgang.

Die Sonne ist bereits verschwunden. Es dämmert und man erahnt die hereinbrechende zweite Tageshälfte. Die Luft draußen ist klar und kühl. Sie tut gut. Ich bleibe eine Weile vor einem Werbeplakat stehen. Es zeigt ein Lavendelfeld in der Provence. Im Hintergrund das Kloster Senaque in all seiner steinernen Erhabenheit. Seitlich die Felsen des Luberon, die es wie ein Geheimnis hüten. Es ist eine Werbung von German Wings. – Günstige Flüge nach Marseille. –

Valentin beobachtet mich und fragt:

„Warst du schon mal dort?"

Ich blicke in den blauvioletten Himmel und dann schaue ich ihn an und erzähle von meinen unzähligen Aufenthalten in der Provence. „Ja, auch dort in diesem Kloster war ich schon einige Male. Es ist ein mystischer Ort, der mich immer wieder in seinen Bann zieht. Nicht weit entfernt, nur durch eine steile Serpentinenstraße erreichbar, liegt das Dorf Venasque. Es wird auch das Dorf der Wölfe genannt. Der Grund dafür liegt in der Besonderheit, dass dieses Dorf bis in die 60er-Jahre wie abgeschnitten von der Außenwelt lebte. Die Einwohner wurden deshalb ‚die Wölfe' genannt. Noch heute ist es schwer zu erreichen, denn die Serpentinen sind nicht für jedermanns Gemüt. Es soll immer noch Einwohner geben, die noch nie in ihrem Leben unten im Tal waren. Es ist ein verwunschener Ort. Die Provence – der Ort, der das Zuhause meiner Seele ist. Jedes Mal, wenn ich dort bin, habe ich das Gefühl, alles sei irreal, weil einfach alles so schön ist. Die wilden Felsen des Les Beaux, die steinalten Olivenhaine, die manchmal durch den Mistral zu tanzen anfangen, und die magischen Sümpfe der Camargue, in denen wilde Stiere und Pferde ihre Freiheit genießen. Aber das Schönste sind der Duft und das Licht. Zunächst zum Duft. Schon wenige Kilometer hinter Marseille kann man ihn wahrnehmen.

Eine Mischung aus Salz, Thymian, Rosmarin und Lavendel. Geht man erst einmal in ein Hotel oder Restaurant im Hinterland, so kombiniert sich dieses Bouquet noch mit den köstlichen Essensgerüchen. Tapenade, Foie gras, Knoblauch, Schalotten, Ziegenkäse und natürlich der Geruch von frisch gebackenem Brot. Nun zum Licht. Im September ist es am schönsten. Fährt man dann über die Landstraßen, die von Platanen gesäumt sind, so schimmert es immer wieder hindurch und man meint, man wäre in einem golden-rosé leuchtenden Sonnentanz. Als ich das erste Mal in meinem Leben diesen fantastischen Ort betreten habe, wusste ich, dass ich zu Hause bin.

Ich war nicht fremd. Ich war kein Gast. Ich war einfach zurückgekehrt."

Valentin hört mir die ganze Zeit gütig und lächelnd zu.

„Wahrscheinlich hast du dort schon einmal gelebt. Ich glaube wirklich daran!"

„Vielleicht."

Ich zünde mir eine Zigarette an und schaue wieder in den Himmel.

„Auf jeden Fall werde ich dorthin fahren mit ihm. Du hast mich auf den Geschmack gebracht."

„Ja, das finde ich gut!"

„Wenn er denn kommt!"

Valentin zündet sich ebenfalls eine Zigarette an. Ich lege meine Hand auf seine Schulter.

„Natürlich wird er das. Hab keinen Zweifel!"

Er bläst den Rauch in kleinen Wölkchen in die Luft. Dann lacht er auf.

„Sag mal, jetzt habe ich dir so viel von mir erzählt und weiß so wenig von dir. Erzähl mal, was ist so besonders an dem Freund, den du abholst?"

Meine Augen schließen sich automatisch und meine Lippen bilden ein breites Grinsen. So verharre ich einige Sekunden, bis ich ihm mit noch immer geschlossenen Augen antworte.

„Er ist der einzige Mensch, den ich kannte, bevor ich ihm begegnet bin, und sofort erkannte, als ich ihm begegnet bin. – Es ist wie mit der Provence!"

Wir schauen uns nun direkt an und sagen lange nichts.

In aller Ruhe rauchen wir unsere Zigaretten auf.

Dann zieht Valentin seine Baskenmütze zurecht, bis sie perfekt sitzt, und sagt:

„Meine Liebe – das ist ein wunderschönes Geschenk! Ich freue mich für dich!"

„Ja, das ist es!"

Dann nimmt er mich behutsam in den Arm und lächelt mich herzlich an.

„Ich denke, ich werde nun noch ein bisschen für mich alleine sein, bevor er kommt. Danke, es war so schön, mit dir zu reden. Du bist eine gütige Zuhörerin."

„Ja, ich verstehe! Auch ich habe es genossen, mit dir zu reden, und alles Glück für euch!"

Mit diesen Worten verabschieden wir uns voneinander. Er wirft mir noch einen Kussmund zu und läuft hinein in den Arrival-Bereich.

Die große Anzeigetafel zeigt mir, dass es noch 30 Minuten dauert, bis die Maschine aus Paris landet. Zeit genug, um ihm etwas zu essen zu kaufen. Er ist immer hungrig. So suche ich den nächsten Backshop auf. Mein Weg dorthin führt wieder vorbei an der Proseccobar. Nur noch wenige Menschen sitzen dort, aber der Barkeeper ist trotzdem überfordert. Er stützt den Mann, der mich angeschubst hat, mit beiden Armen und spricht ihm immer wieder etwas zu. Der Mann ist außer sich und versucht, sich wieder auf seinen Hocker zu setzen. Er lamentiert vor sich her und versucht, sich freizumachen. Der Barkeeper hält ihn und schaut nervös hin und her. Er sucht offensichtlich Unterstützung.

„Jetzt komm, es reicht für heute. Das endet sonst nicht gut!"

Seine Beschwichtigungen können bei dem Mann nichts ausrichten. Er hat noch nicht genug. Da erscheint die gesuchte Hilfe in Form von zwei Securitymännern. Sie scheinen den Betrunkenen bereits zu kennen, denn sie nennen ihn beim Namen. Ihre Präsenz scheint ihm gutzutun, denn er lässt sich widerstandslos mitnehmen. Das Trio verlässt den Flughafen Richtung Taxistand. Ich laufe weiter und finde schließlich den Backshop. Die Auswahl ist recht begrenzt. Brezeln oder Baguettes mit Thunfisch oder Hühnchen. Alles nicht das Richtige. Dann erblicke ich ein Tomaten-Mozzarella-Baguette. Das ist es. Ich warte auf die Verkäuferin. Sie scheint keine große Motivation zu haben, mich zu bedienen. Nach zwei Minuten beginne ich, mich zu räuspern, aber das lässt sie kalt. Sie steht im hintersten Bereich der Verkaufstheke und spielt mit ihrem Handy. Langsam reicht es mir und ich spreche sie an:

„Hallo – könnten Sie mir bitte das Tomaten-Mozzarella-Baguette verkaufen!"

Keine Reaktion.

„Hallo … Entschuldigung!"

Sie hebt langsam den Kopf hoch. Ihr Gesicht ist aufgedunsen und ihre Augen von tiefen Ringen umschattet. Ihre Haare sind kurz und grau und ihr Mund oder zumindest die Falten, die ihn säumen, sehen nicht so aus, als ob sie ihn oft zum Lachen benutzte.

„Momentchen, junge Dame!"

Jetzt setzt sie sich langsam in Bewegung – unfassbar, immer noch mit ihrem Handy spielend. Ich merke, wie mein Puls schneller wird. Nun steht sie mir gegenüber. Das Handy schiebt sie in die Hosentasche und dann hat sie die Güte, mich zu fragen:

„Wat darf es sein?"

Ich blicke sie verärgert an und bestelle einen Mangosaft und das Baguette.

„Sonst noch wat?"

Ich schüttele den Kopf und freue mich, dass sie sich in diesem Moment Handschuhe anzieht, um die Bestellung einzupacken. Ich hätte sie sonst nicht abgenommen.

„Macht neun Euro!"

Ich zahle und stecke alles in meine Handtasche. Gerade als ich mich umdrehe, um zu gehen, erscheint neben mir der Barkeeper. Er hat offensichtlich Pause und Hunger. Auch er versucht, seine Bestellung aufzugeben. Aber auch er hängt jetzt in der Warteschleife. Madame hat gerade einen Anruf reinbekommen.

„Tss – das müsste ich mir erlauben in der Bar!"

Ich nicke ihm zu und muss lachen.

„Habe ich auch gerade erleben dürfen. Ich fürchte, Sie müssen Geduld mitbringen."

Er schüttelt genervt den Kopf.

„Die hat ja echt Nerven!"

„Dafür müssen Sie Betrunkene höflich hinausbitten."

Er schaut kurz auf den Boden und dann zu mir.

„Ach, der Mann, der neben Ihnen saß?"

Ich nicke ihm zu.

„Der ist weiter harmlos. Wir kennen ihn hier alle, wissen Sie!"

Meine Augen blicken ihn fragend an.

Jetzt kommt die Verkäuferin und blafft:

„Ja wat isses?"

„Mach mir mal bitte ne Brezel mit Käse."

Die Frau guckt ihn genervt an und verdreht die Augen.

„Bestellst auch immer dasselbe."

Sie dreht sich um und verpackt die Bestellung.

„Wissen Sie, er kommt jedes Jahr am selben Tag zu uns. Seit sieben Jahren schon. Es endet immer wieder gleich. Er betrinkt sich und wir müssen ihn irgendwann nach Hause schicken."

Nun holt er sein Portemonnaie aus der Hosentasche und legt einen Zehneuroschein auf die Theke.

„Der Rest ist für dich. Komm mal wieder besser drauf!"

Jetzt muss ich mich beherrschen, dass ich nicht laut loslache.

„Wissen Sie, wieso er das macht?"

„Ja. Nach dem dritten Jahr habe ich ihn genau das gefragt und er hat mir seine Geschichte erzählt. Der Arme hat vor sieben Jahren hier gestanden und auf seinen Sohn gewartet. Nach einigen Stunden war klar, dass der nie mehr kommen würde. Der Junge war in Mexiko. Das Abiturgeschenk der Eltern. Zwei Monate war er unterwegs. Am Abend vor seiner Abreise hat er am Strand übernachtet. Er ist überfallen worden. Man hat ihm eine Flasche über den Kopf gezogen. Er war sofort tot. Seitdem kommt sein Vater jedes Jahr hierher. Er hat immer noch nicht akzeptiert, dass er nicht ankommt. Dann kommt der Absturz …"

Ich merke, wie mein Nacken sich anspannt. Langsam wiege ich meinen Kopf zu beiden Seiten. Mir ist kalt. Dann halte ich meine Tasche mit beiden Händen fest.

„Das ist das Schlimmste, was uns passieren kann – seine Kinder zu verlieren."

„Ja, das stimmt."

Langsam gehen wir zurück Richtung Proseccobar. Die Pause ist vorbei. Er muss wieder zur Arbeit. Wir sagen beide kein Wort mehr. Was sollte man jetzt auch noch sagen? An der Bar angekommen verabschieden wir uns voneinander. Ich spüre ein Vibrieren in meiner Tasche. Ich hole mein Handy heraus. Eine Nachricht von ihm:

„Sind gelandet! Jetzt nur noch den Koffer holen. Denke, ich bin in zwanzig Minuten draußen! BG ☺."

Ich schreibe zurück:

„Bin da! Freu mich! BG ☺."

Meine Beine brauchen jetzt eine Pause. Ich suche nach einer Sitzgelegenheit und finde sie direkt vor der Tür, aus der nacheinander die Ankünftler schubweise heraustreten. Ich setze mich und schlage die Beine übereinander. Was habe ich heute alles erlebt! Wie sehr freu ich mich nun auf ihn! Was habe ich ihm alles zu erzählen und was wird er mir erzählen von seiner Reise? Ich bin müde und hungrig. Ich denke an Valentin. Hoffentlich konnte er sich beruhigen. Der liebe Kerl. Wieder öffnet sich die Schiebetür. Das muss der Flug aus Barcelona sein. Gut gelaunte Passagiere treten hinaus. Ein Mann wird von seiner Frau abgeholt. Sie hält einen Luftballon in ihrer Hand. Die beiden sind jenseits der sechzig. Mir wird warm ums Herz bei diesem Anblick. Er strahlt und nimmt sie in seine Arme. Dann kommt ein kleines Mädchen an der Hand einer Stewardess hinaus. Sie hält einen weißen Stofftierhasen in ihrem Arm. Ihre dunklen Haare sind zu zwei Zöpfen geflochten und sie ruft immer wieder nach ihrer Mutter. Eine auffallend gut gekleidete Frau rennt auf die Kleine zu und nimmt sie in die Arme. Dann fällt mein Blick auf zwei Blondinen. Sie sehen beide aus, als hätten sie in ihrer Jugend gemodelt. Eng umschlungen schreiten sie aus der Schiebetür. Nun schieben sie ihren Koffer vor sich her und kommen in meine Richtung. Sie setzen sich neben mich. Anscheinend warten sie darauf, abgeholt zu werden. Immer wieder kichern sie und tuscheln miteinander. Nach ein paar Minuten wird mir aus dem, was ich entnehme, klar, dass die beiden ein lustiges Wochenende in Barcelona verbracht haben. Sie sprechen über ihre unbeschwerte Zeit und versprechen sich gegenseitig, dies bald zu wiederholen. Irgendwann jedoch kippt die Stimmung und die vermutlich ältere von beiden, so jedenfalls mein Eindruck, fängt an zu weinen. Ihre Freundin nimmt sie in den Arm und versucht, sie zu trösten.

„Weißt du, ich habe Angst, nach Hause zu fahren. Ich bin es so leid."

Die Freundin streicht ihr übers Haar und versucht, ihr Mut zuzusprechen.

„Wenn ich nach Haus komme, geht alles wieder von vorne los. Ich habe einfach keine Kraft mehr. Ich will mir nicht mehr anhören, wie viele Kilometer er heute wieder geschafft hat und wie hoch sein Puls dabei war."

Die Freundin reicht ihr ein Taschentuch und sagt:

„Weißt du, wir sparen wieder und in einem halben Jahr geht's nach Rom, wie wir es uns versprochen haben!"

Sie sammelt sich langsam und die beiden stehen auf, um den Arrival-Bereich zu verlassen. Ich blicke ihnen noch eine Weile nach. Dann denke ich darüber nach, wie viele Menschen meinen, dass einige Tage sie vor dem Alltag retten würden. Ich blicke hinaus durch die Scheiben. Es ist bereits stockfinster und ein leichter Regen perlt an den Scheiben ab. Es ist Zeit, nach Hause zu kehren. Da spüre ich wieder mein Handy, das ich seit einigen Minuten in meinen Händen halte.

„Huhu – komme jetzt raus!"

Ich stehe auf und laufe Richtung Schiebetür.

Keine Nacht dir zu lang
Kein Wort dir verschlüsselt
Kein Gedanke dir unergründlich
Kein Ton den du nicht triffst
Keine Farbe die du nicht reflektierst
Keine Wolke die du nicht siehst
Kein Tag ohne dich

Ihr Lied

6.30 Uhr sie stellt den Wecker aus – wie jeden Morgen.
Jetzt sind es nur noch 8 Stunden, die sie warten muss. Sie geht ins Bad und schaut in den Spiegel – nur kurz.
Lange war früher.
Nachdem sie sich angezogen hat, weckt sie die Kinder. Dann geht sie die 32 Stufen herunter in die Küche. Oben hört sie die Geräusche des Rasierers.
Brote schmieren, Kaffee kochen, Tisch decken – alles Routine. Draußen fährt ein Auto los. Ihr Herz pocht schneller. Ein kurzer Blick hinaus aus dem Fenster zaubert ihr ein Lächeln auf die Lippen.
Als alle das Haus verlassen haben und sie allein ist, geht sie in den Garten.
Die Sonne scheint, die Wolken ziehen, sie atmet tief ein – dann holt sie eine Zigarette aus ihrem Geheimversteck. Fünf Minuten ist sie frei. Sie schaut hinüber in den Garten von nebenan. Dort hängen seine Hemden zum Trocknen im Wind.
Nur noch 6 Stunden.
Sie erledigt die Einkäufe, versorgt den Kater und bereitet das Mittagessen vor. Aus dem Radio ertönt ein Lied, das ihr gefällt. Das Telefon läutet. Ihr Mann hätte gerne noch, dass sie seine Schuhe zum Schuster bringt.
Jetzt muss sie sich beeilen, damit sie den Moment nicht verpasst.
Gerade noch rechtzeitig fährt sie in die wohlbekannte Einfahrt ihres Reihenhäuschens.
Beim Aussteigen hört sie schon das Geräusch. Das Geräusch, auf das sie jeden Tag wartet.
Er kommt heim.
Der Wagen hält am Nachbarhaus. „Guten Tag – ist es nicht herrlich heute?"

Ihr Herz schlägt schneller. Ihr Gesicht ist erfüllt von dem Lachen ihrer Jugend. „Ja, ganz wunderbar."

Er winkt ihr zu und kehrt heim. Sie sieht ihm nach, bis die Tür geschlossen ist. Langsam geht sie zurück in ihr altes, kleines Reihenhaus.

Verabschiede dich um deine
Ankunft zu erwarten
vermisse dich schon im letzten Blick

Der 21. Hochzeitstag

„Bist du schon fertig, Schatz?"
„Ich muss noch die Ohrringe anlegen – einen Moment noch!"
„Dann fahre ich schon mal den Wagen aus der Garage. Aber beeil dich, die anderen erwarten uns in einer halben Stunde."
„Ja, ja."
Laura nimmt ihre Perlohrstecker aus der Schachtel. Der Tisch ist um 19.30 Uhr bestellt. Pedro hatte wie jedes Jahr den Ecktisch für sie reserviert.
„Ach schon wieder ein Jahr rum", hatte er bei ihrem Anruf gesagt. „Wie doch die Zeit vergeht. Dass ihr es schon so lange miteinander aushaltet!", hatte er noch hinterhergeschickt.
Laura wirft einen letzten Blick in den Spiegel, bevor sie das Haus verlässt. Er hupt schon, während sie zweimal abschließt.
„Na, was Carla heute wohl wieder erzählen wird über ihren ach so stressigen Job."
Laura blickt ihren Mann nicht an, als er das sagt. Sie schaut aus dem Fenster. An ihr vorbei ziehen die vertrauten Vorgärten ihrer Siedlung.
Auf der Landstraße macht sie das Radio an.
„Und was Hugo wohl wieder für eine geschmacklose Krawatte tragen wird ... Du sagst ja gar nichts." „Ach, ein wenig Kopfweh – der Nacken, du weißt doch!"
Ihr Blick verliert sich in den ziehenden Wolken.
21 Jahre! Sie beginnt, nervös zu husten, wie sie es sich schon seit einiger Zeit angewöhnt hat. Nun erreichen sie den Parkplatz ihres Stammlokals.

Das Tennismatch

Der Ball springt auf und ab
Konzentration
ich sehe dich an
ziele und treffe
Vorteil für mich
du konterst
Punkt für dich
herrlich dieser Schlagabtausch
verliere gerne gegen dich
um am Ende zu gewinnen
Spiel für mich

Krisengebiete

„Fish or Chicken?"

„Sir – you like fish or prefer chicken?!"

Er schaut die Stewardess an.

„Ah – nothing. Thank you! I'm not hungry!"

„You are welcome sir!"

Verwirrt schaut er ihr nach – dann ist sein Blick wieder fokussiert auf seine Unterlagen, die auf seinem Schoß liegen.

150 Tote in den letzten zehn Tagen. Jeden Tag neue Meldungen. Kinder, die ungefragt zu Opfern werden – all das kennt er bereits von seinen unzähligen Reisen in die Krisengebiete dieser Welt. Das bringt sein Job mit sich.

Die Luft im Flugzeug wird immer wärmer – trotz Klimaanlage. Man spürt den Äquator näher kommen. Er blickt hinaus aus dem kleinen Fenster und sucht in den Wolken nach seinen Augen.

Nach dem gütigen, unendlichen Schwarz seiner Augen.

Junge, wieso musstest du dir das antun? Wieso dieser Beruf. Wir sterben hier tausend Tode, wenn du dich auf Reisen begibst. Hättest du nicht einfach hier für die Presse arbeiten können? Immer diese Gefahren, denen du dich aussetzt!

Das hatte nicht nur seine Mutter unzählige Male zu ihm gesagt. Er schaut auf seine Beine. Wie immer kann er sie nicht lange kontrollieren. Die Unruhe verliert er erst, wenn er dort ist.

Die rote Erde, die lachenden Gesichter, die unendliche Stille der Mittagssonne – all das ist der Ort seiner Sehnsucht.

Angst vor den Unruhen? Angst hat er vor ganz anderen Dingen.

Er schaut auf seine Hände.

Ja, sehr jung sehen sie noch immer aus. Wie oft hat man ihm schon gesagt, dass er weiche Hände habe. Wie oft musste er diese schon zurücknehmen, weil er einfach nicht konnte. Wie oft in fragende Augen blicken, die er enttäuschen musste im konkreten Moment.

Angst vor möglichen Überfällen? Wieso – wenn man schon durch so viele Mienenfelder geschritten ist?

„Do you want something to drink, sir?!"

Die Stewardess lächelt ihn freundlich an.

„I would like to have a coffee please!"

„You are welcome!"

Langsam verbindet sich das Schwarz des Kaffees mit dem Weiß der Milch.

Die Wärme tut ihm gut.

Ob er ihm diesmal näherkommen kann?

Afrika

die Erde rot
der Horizont unendlich
die Zeit hinterfragt sich hier nicht
unendlich die Stille der Mittagssonne
immerfort der Gesang der Nacht

Morning has broken

Der rote Karton, in dem sich die Heckenschere befindet, ist schon stark verstaubt.

Er holt das Gerät heraus und verlässt die Garage. Ein wunderbarer Sommertag. Heute hat er sogar ein wenig Lust auf Gartenarbeit.

Langsam schwingt er mit der Heckenschere über seine Seite der Gartenhecke.

Im Hintergrund klingt Cat Stevens' *Morning has broken*.

Wenn schon Gartenarbeit, dann wenigstens mit guter Musik.

Im Takt der Musik fährt er über die Blätter.

„Ach, Herr Nachbar! – Sieht man Sie auch mal bei der Arbeit? Haha. Ist ja eher selten!"

„Guten Morgen, Herr Wengler."

„Ob der Morgen gut ist, wird sich zeigen … Na, das wurde aber auch mal Zeit mit Ihrer Seite der Hecke. Tja – wenn man halt nicht den grünen Daumen hat – was?!"

„Na ja – hab halt viel zu tun. Abitur steht an und viele Klausuren müssen korrigiert werden."

„Ach hören Sie doch auf. Ihren Urlaub hätte ich gerne. Unsereins hat 40 Jahre auf der Zech geschuftet. Das ist echte Arbeit."

Er merkt, wie seine Schläfen langsam anfangen zu zucken.

Seine Beine werden steif.

„Na ja – jedem das Seine, Herr Wengler."

Die Musik wechselt zu *Father and Son*.

Er konzentriert seinen Blick auf das Grün der Blätter.

„Also die Musik könnten Sie aber auch etwas leiser stellen. Ist ja nicht jedermanns Geschmack – dieses Geplärre!"

Tief ein- und ausatmen – wie er es vom Yoga kennt.

Bloß nicht hoch schauen.

„Samstags Mittag und Rock 'n' Roll – das gehört sich doch nicht, oder?!"

Nun guckt er ihm direkt in die Augen.

Diese verkniffenen, alten, toten Augen.

Ohne lange nachzudenken, öffnet er seinen Reißverschluss und uriniert an seiner eigenen Hecke.

Während er das tut, schaut er seinen Nachbarn an und muss plötzlich er laut lachen.

„Wissen Sie, Herr Wengler – frei nach den Pfadfindern – eine gute Tat am Tag!"

Dann geht er beschwingt zu den Klängen von *Cat* ins Haus zurück, während sein Nachbar mit offenem Mund hinter der anderen Seite der Hecke steht und nach Fassung ringt.

Grenzen

man kann sie erreichen
manchmal überwindet man sie
sie können gesetzt werden
oder einfach fallen
mal halten sie uns gefangen
mal halten sie uns

Der Skatabend

„Möchtest du noch etwas Tee, Liebling?"
Er ist in die Lektüre seiner Zeitung vertieft. Ohne den Blick abzuwenden, nickt er seiner Frau zu. Vorsichtig schüttet sie den Tee in seine Tasse.
„Ich werde heute Abend meinen Rinderbraten zubereiten – den magst du doch so gerne."
Jetzt schaut er sie an.
„Du weißt doch, dass ich heute Abend nicht zum Essen kommen werde. Wir haben heute Mittwoch!"
„Ach ja – schade! Das ist mir irgendwie durchgegangen."
Mittwoch – natürlich weiß sie das. Mittwoch ist sein heiliger Skatabend. Seit 18 Jahren schon – 18 Jahre!
Er rückt seine Krawatte zurecht und verlässt den Frühstückstisch. Dann geht er ins Wohnzimmer und schließt die Tür hinter sich.
Sie räumt den Tisch ab und versucht zu überhören, dass er telefoniert.
Aber morgen wird er wieder freundlich zu ihr sein.
Sie hat sich damit arrangiert. Donnerstag ist der Tag, für den sie lebt. Manchmal bringt er ihr dann Blumen mit. Manchmal schafft sie es am Donnerstagabend sogar, ihn zu einem kleinen Spaziergang zu überreden.
Als er den Mantel anzieht und das Haus verlassen will, geht sie zu ihm. Er schaut sie nervös an.
„Hier, die hast du im Bad liegen lassen."
Sie nimmt die weiße Dose, deren Inhalt sie kennt, aus der Tasche ihres Morgenmantels.
Seine Lippen zucken, als sie ihm die Dose in die Manteltasche steckt.
„Ich weiß doch, dass du dein Baldrian brauchst vor dem Skatspielen."

Wortlos verlässt er das Haus.

Doch bevor er in sein Auto steigt, dreht er sich noch mal kurz zu seiner Frau um. Sie lächelt und winkt ihm zum Abschied.

Der Sturm zieht auf
höre Trommeln von weither
schicke all meine Boten auf Vorhut
spanne ein Zelt am Himmel auf
möge dich kein Tropfen treffen
versuche die Winde zu besänftigen
flüstere ihnen zu gnädig zu sein
fliege hinauf zu den Sternen
mögen sie dir den Weg leuchten
beschwöre den Mond
dass er dich unversehrt heimführt

In der Spielgruppe

„So und jetzt nehmen wir uns alle an die Hände, um unser Begrüßungslied zu singen!"

Wir fangen an zu singen und tanzen dabei im Kreis."

In der Mitte sitzen elf Einjährige, die sich fragen, was da gerade passiert.

Der kleine, rothaarige Jan haut seinem Nachbarn derweil einen Bauklotz an die Stirn.

„Oh Jan – das tut man doch nicht!"

Nach dem Singen versucht die Gruppenleiterin, die süßen Kleinen durch Fingerspiele abzulenken, damit die Mütter endlich Ruhe zum Tratschen finden.

„Also, der Peter kriegt ja seit letzter Woche Unterricht zur musikalischen Frühförderung. Er hat ja so ein Talent. Ganz der Vater!"

„Ja, das ist wunderbar! Man kann ja nicht früh genug anfangen."

Eine Mutter, den Namen hab ich vergessen, strahlt mich über beide Ohren an, bevor sie mich fragt: „Na, kann Benedikt nun endlich laufen? Also Justus war ja schon mit zehn Monaten so weit!"

Ich antworte nicht, da das selbstgefällige Grinsen meines Gegenübers gar nicht auf Antwort wartet.

„Ist aber auch ungewöhnlich – dein Benedikt spielt ja immer nur mit Puppen – haha!"

Ich beobachte meinen Sohn, wie er glücklich versunken in seinem Spiel ist.

„Was wünscht ihr euch denn für ihn, was er mal werden soll?!"

Ich schaue die perfekte Mutter an, dann sage ich strahlend über beide Ohren: „Wir hoffen, dass er schwul wird!"

Für den Rest der Veranstaltung habe ich nun keine Fragen mehr zu befürchten.

Blickwinkel

wir mischen unsere Farben
gestalten unser Bild
wir entscheiden das Fenster zu öffnen
oder im Schatten zu verharren
die Quadratur des Kreises
welch spannendes Angehen

Die perfekte Welle

Montagmorgen – mal wieder!
Kurt putzt sich gerade die Zähne, als seine Frau ins Bad kommt.
„Du hast vergessen, die Mülltonnen herauszustellen. Toll! Jetzt kommen die Maden bei der Hitze."
„Oh – das tut mir leid!"
Mehr als ein Kopfschütteln bekommt er nicht als Antwort.
„Bin heute Abend noch bei Ulla – kann spät werden."
„Ja, ist okay. Hab sowieso den Schreibtisch voll im Büro."
Im Auto, kurz bevor er auf das Firmengelände fährt, bemerkt er, dass er die Präsentationsmappe zu Hause liegen gelassen hat. Mist – der erste Termin kann jetzt nicht warten. Pech gehabt. Er fährt mit dem Aufzug die 12. Etage hoch in seine Abteilung.
„Guten Morgen, Kurt!"
Toni, sein Arbeitskollege, trinkt Kaffee aus seiner Bürotasse.
„Hallo Toni – Mensch, ich hab die Mappe vergessen!"
„Tja, dann mach dich schon mal auf 'nen Anschiss vom Alten gefasst!"
Kurt setzt sich an seinen Schreibtisch. Er schaut aus seinem kleinen Fenster.
„Sag mal, Toni – was hätten wir früher gemacht an so einem schönen Sommertag?"
„Keine Frage – ab ins Auto und raus ans Meer. Auf der Suche nach der perfekten Welle! Mensch, Kurt – die Zeiten sind vorbei!"
Toni schmunzelt, als er an Kurt vorbeigeht, um sich den nächsten Kaffee zu holen.
Abrupt steht Kurt auf und verlässt schnellen Schrittes das Büro. Auf dem Weg zum Auto beginnt sein Herz zu pochen. Er schaltet das Radio an, als er den Firmenparkplatz verlässt. Nachdem er die Stadt hinter sich gelassen hat, wirft er sein Handy aus dem Auto. Lauthals singt er die Lieder mit auf dem Weg Richtung Süden.

Schreite von Raum zu Raum
blau wird zu violett
tiefer und tiefer
ganz im Hier und Jetzt
komme immer näher heran
kann kaum fassen was möglich sein kann
sinke hinein in das weiche Schwarz
fühle die Unendlichkeit

München

Wir sitzen draußen. Es ist warm. Nachdem wir das Essen bestellt haben, richtet sich meine Aufmerksamkeit auf den Nachbartisch. Zwei Paare mittleren Alters sitzen dort. Die Kinder weggeschickt zum Spielen.

„Ist doch herrlich hier, oder?"

„Ja, also die Ute hat heute aber auch zugeschlagen. Bei der Auswahl kein Wunder!"

Die Frau, die das sagt, lächelt ihre Freundin an. Diese steht nun auf und bewegt ihren operierten Körper zum Damen-WC. Blond – zu blond für ihr Alter. Leopardenleggings – High Heels, dass jeder Orthopäde aufschreit, und das Gesicht starr wie eine Barbie.

Unser Hauptgang wird serviert. Köstlich – Sushi vom Feinsten! Während ich versuche, dieses zu genießen, kann ich nicht überhören, wie der Gatte der Freundin anfängt, das arme Kind, das wieder zum Platz zurückgefunden hat, schulmeisterhaft mit Handyquizfragen zu terrorisieren.

„Na, Jack – wer ist es nun, der die Arche gebaut hat?!"

„Ach ... na, das musst du doch wissen!"

Nun kommt Barbie grazilen Schrittes zurück zum Tisch. Die Freundin sagt etwas, das ich nicht verstehe, und dann höre ich, wie ihr Gatte lauthals ruft:

„Shut up!"

Stille – die Szene kippt!

„Ohm!" – versucht der Gatte der Freundin zu schlichten.

„Wir wollen doch einen friedlichen Abend."

„Was soll das?", fragt nun die beleidigte Gattin.

Unser Nachtisch wird serviert, während man sich am Nachbartisch um Contenance bemüht.

Später kommt die Rechnung.

„560 Euro – na, das ist aber teuer!"

„Hab ich dir doch gleich gesagt, dass eine Flasche Champagner was kostet!"

Nun ist Barbie in Rage.

„Na, was soll das denn heißen? Du wolltest es doch auch!"

Mein Mann und ich bezahlen ebenfalls, nicht ohne zu bemerken, dass der Nachbartisch sich nichts mehr zu sagen hat.

Berlin

Ich laufe durch die Straßen
lasse mich treiben
finde den Weg ohne die Richtung zu kennen
treffe auf Menschen
lasse es zu
verliere mich um mich zu finden
sehe immer wieder dich
stehe an der Kreuzung
fange an zu grinsen, dann zu lachen
denke an dich
höre abends Musik – das Klavier
Glück durchströmt mich
ich weine – ich bin bei dir

Chorabend

Leonore ist jetzt Mitte vierzig.

„Die schöne Leonore", das hatte ihr Vater immer für sie gesungen, als sie noch klein war.

Ja, sie ist immer noch schön und schlank, und wenn sie lächelt, könnte man sie für Ende dreißig halten.

Aber sie lächelt nur noch selten.

Die Jungs sind in der Schule und sie damit beschäftigt, die Wäsche zu sortieren. Die weißen Socken für Jan und die schwarzen für Ralph. Die blauen sind nicht mehr im Korb.

Er ist schon lange weg.

Die andere hat eben öfter gelächelt.

Erst die Wäsche, dann das Essen vorbereiten.

Was soll sie heute nur kochen? Jeden Tag dieselbe Frage.

Als die Jungs beim Essen sitzen, fragt sie nach ihrem Tag.

„Und, wie war es in der Schule?"

Anstatt ihr zu antworten, streiten sich die beiden, wer den besseren Papierflieger aus den Servietten macht.

Sie räumt die kaum angerührten Teller beiseite und schaut dabei aus dem Fenster. Dort, am Ende der Straße, steht die Kirche.

Dorthin wird sie heute Abend gehen, denn heute ist Chorabend.

Als sie sich abends umzieht, wählt sie ihr Lieblingskleid aus. Ein grünes Wollkleid mit einem Blumengürtel.

Ein wenig Rouge und ein Hauch von Rosenduft – dann ist sie mit sich zufrieden.

Die Kinder bleiben bei der Nachbarin – wie gut, dass sie diese Möglichkeit hat.

Auf dem Weg zur Kirche atmet Leonore durch.

Sie erblickt die Lavendel- und Rosenbüsche in den Nachbargärten und sie lächelt.

Mit Kraft zieht sie die schwere Kirchentür auf und dann schreitet sie hinein. Golden ist das Licht der Kerzen und warm das Lächeln ihrer Chorfreunde.

„Leonore, wie schön, dass du kommst!"
Die Tür fällt hinter ihr zu.
Er schaut sie an und legt seine Hand auf ihre Schulter.
„Dann können wir ja jetzt beginnen – wie schön!"
„Ja, Herr Pfarrer, sehr gerne!", sagt die schöne Leonore und fängt an zu singen – voller Inbrunst – nur für ihn.

Der Gang auf dem Seil
vorsichtig ein Fuß nach vorne,
atme tief ein
dann langsam der andere davor
spüre den Lufthauch
– Stille –
um mich der Nebel
darunter der Abgrund
– Balance –
die Hände sind kalt
die Stirn ist kühl
Schritt für Schritt
ich gleite
– schwerelos –
mit Blick nach vorn
fixiere ich das Ziel

Die Weinprobe

„Komm, wir müssen los. Es ist schon nach acht."
Ich stehe bereits an der Tür und warte wie immer auf meinen Mann. Er bindet sich die schwarzen Budapester zu.
„Ja, bin so weit. Die kommen auch immer zu spät."
Wir verlassen die Wohnung und laufen zum Wagen. Auf der Fahrt hören wir im Radio die Nachrichten.
„Jörg hat heute schon in der Praxis angerufen. Er musste mir unbedingt vorschwärmen von dem Brunello, den er aus Siena mitgebracht hat. Neunzig Euro die Flasche. Na, da bin ich mal gespannt!"
Ich klappe den Spiegel herunter und ziehe meinen Lippenstift nach.
„Ja, was Weine angeht, kennt er sich aus."
Wir erreichen unser Ziel und betreten das Anwesen. So nennt mein Mann Jörgs Haus. Die Villa am Stadtrand ist eingebettet in ein parkähnliches Grundstück. Flutlichter begrenzen den langen Weg bis zur Haustür. Während wir nach dem Schellen auf Einlass warten, nimmt mein Mann mich behutsam in den Arm.
„Bleib tapfer, Schatz. Wir müssen nicht lange bleiben."
Begleitet von einem leichten Seufzer lächle ich ihn an.
Da öffnet Jörg die Tür auch schon.
Braun gebrannt, frisch gegelt und duftüberströmt steht er vor uns in seinen Designerjeans. Das weiße Hemd betont die Gesichtsfarbe noch mehr.
„Hey – Buona sera, ihr Lieben! Tretet ein!"
Der Hausherr führt uns Richtung Wohnzimmer hinaus zur Terrasse. Dort, auf dem alten original Teakholztisch stehen bereits die Gläser und einige Flaschen Rotwein. Außerdem auch Jutta, die Gattin. Sie ist es erst seit knapp einem Jahr und ungefähr

deckt sich das mit ihrer Volljährigkeit, zumindest versucht sie, diesen Eindruck zu erwecken

„Hallöchen Ralf – hi Marlene. Wie schön, euch zu sehen!"
Unter ohrenbetäubendem Rasseln ihrer unzähligen Armreifen werden wir gebusselt und umarmt. Ihre steinharten Brüste drücken sich dabei ungeniert an mich. Uns wird das erste Glas Wein angeboten, und nachdem Jörg uns einen zehnminütigen Vortrag gehalten hat, von welchem Weingut seines Toskanatrips dieser stammt, dürfen wir ihn tatsächlich auch probieren. Mit einem breiten Grinsen haut er Ralf auf die Schulter.

„Na, ist schon ein guter Tropfen, was? Aber warte erst mal, bis du den Brunello probiert hast. Wir steigern uns von Wein zu Wein und dann kommt der önologische Orgasmus. Haha."

Jutta quietscht auf vor Vergnügen bei diesen Worten. Ich fliehe zur Gästetoilette. Während ich mir die Hände wasche, fällt mein Blick auf den Stapel Playboyhefte, der im Badezimmerregal platziert ist. Ich schaue mich an im Spiegel und stelle mir laut die Frage, was ich hier eigentlich mache. Widerwillig verlasse ich mein Refugium, um wieder zurückzukehren in die Arena. Jörg und Ralf sind derweil beim zweiten Wein angekommen. Jutta kredenzt dazu die gekauften Bruscetta aus ihrer Stammtrattoria.

„Na, Marlenchen, was macht dein Kinderbuch? Hab gehört, du hast jetzt endlich einen Verlag gefunden!?"

Meine Beine werden steif. Kurz überlege ich, ob ich tatsächlich antworten soll.

„Ja, habe ich, Jörg. Aber es sind immer noch Kurzgeschichten, die ich schreibe!"

Er wirft den Kopf in den Nacken und lacht auf:

„Ja, ja, als Lehrerin hast du ja Zeit für so was, was Ralf?!"
Dabei hebt er sein Weinglas und prostet meinem Mann zu. Dieser blickt verlegen auf den Boden. Er weiß, dass er mich jetzt besser nicht anschauen sollte. Ich blicke hinauf in den Sommerhimmel und beneide die Wolken, die vorüberziehen dürfen.

„Und, wie war die Toskana diesmal?", fragt Ralf.
Es ist Jutta, die nun das Wort ergreift.

„Oh – wie all unsere Trips ein Traum. Jörg kennt sich halt aus, was gute Hotels angeht. Die besten Shops kennt er natürlich auch. Aber erzähl mal, ihr hattet doch gerade euren 20. Hochzeitstag. Wo ward ihr denn?"

„Wir sind in unser Lieblingshotel nach Holland an die See gefahren. Dort waren wir auch schon in unseren Flitterwochen. Ist immer wieder schön!"

Mein Mann schaut mich nun lächelnd an.

„Tja, Jutta, die sind halt mit Holland zufrieden. Jedem das Seine. Aber du bist ja auch seit zwei Jahrzehnten mit derselben Frau zusammen. Da reicht dann eben auch Holland, was – haha."

Ich stelle mein Weinglas auf den Tisch und nehme die Hand meines Mannes. Kurz schaue ich ihm entschlossen in die Augen. Er versteht sofort. Wir gehen im Gleichschritt zur Haustür, ohne uns umzudrehen.

„Wo wollt ihr hin?", ruft uns der Hausherr hinterher.

Im Auto drehe ich das Radio an. Einer unserer Lieblingssongs von Sting. Wir singen lauthals mit und lassen die Scheiben herunter.

sitze am Ufer
schaue auf die Strömung
suche nach mir
warte und atme
denke und bete
und dann bist du bei mir

Coq au vin

Als er aufwacht, ist es noch stockfinster. Er merkt, dass seine Decke feucht vor Schweiß ist. Jeder Muskel seines Körpers meldet sich schmerzhaft zu Wort. Seine Augen erfassen, noch verschleiert vor Müdigkeit, den Sternenhimmel. Langsam wird der Blick schärfer. Er beginnt, sie abzuzählen. Jeden Stern einzeln. Es stört ihn nicht weiter, dass er wieder nur vier Stunden geschlafen hat. Mittlerweile hat er sich daran gewöhnt. Aber er bleibt noch eine Weile liegen. Heute ist sein 43. Geburtstag. Er zählt bis zum 43. Stern, dann überwindet er sich und dreht sich seitwärts, um aufzustehen. Auf dem Weg zum Bad nimmt er sein Handy von der Konsole. Keine Nachrichten. Der Strahl des heißen Wassers lässt seine Muskeln aufatmen. Seine Hände stützen sich ab an der gläsernen Duschwand. Noch einen Moment. Er braucht noch etwas Zeit. Langsam bricht die Dämmerung herein und lässt die unwiederbringliche Realität zu. Er trocknet sich ab und umhüllt seinen schlanken Körper mit seinem grauen Morgenmantel. Der Kaffee, den er sich in der Küche zubereitet, tut ihm gut. Zusammen mit der Tasse lässt er sich auf das Sofa nieder und trinkt ihn langsam – Schluck für Schluck.

Das Handy, das sich in seiner Morgenmanteltasche befindet, vibriert. Er holt es hastig heraus. Es ist eine Nachricht seiner Schwester.

Hey, großer Bruder. Alles Gute zum Geburtstag! Kann nicht mehr schlafen. Soll ich dich nicht doch abholen zum Konzert heute Abend?!

Er überlegt, ob er ihr jetzt schon antworten soll. Aber schließlich entscheidet er sich dagegen. Bereits einige Male hat er ihr erklärt, dass er keine Lust hat, heute auszugehen. Er wird sich später zurückmelden. Seine Finger gehen automatisch auf seinem Chat-Verlauf hin und her. Sie suchen immer das gleiche Ziel. Er ist nicht online. Vermutlich schläft er noch. Wahrscheinlich ist er gerade erst eingeschlafen. Schließlich ist es Sonntag. Er steht auf und geht wieder Richtung Schlafzimmer, wo er anfängt, sich anzukleiden. Jeans und graues T-Shirt werden zu seinem Outfit. Als er das Radio anmacht, ertönt eines seiner Lieblingslieder. Immer wieder haben sie es gehört, als sie zusammen am Meer waren. Die Sonne durchflutet nun den Raum und verspricht einen wunderschönen Tag im Spätsommer. Die Artikel der Sonntagszeitung erreichen ihn nicht wirklich. Immer wieder schweifen seine Gedanken ab. Er geht im Geiste durch, wie er das Menü zubereiten wird. Hat er auch wirklich alles da? Seine Vorspeise wird karamellisierter Ziegenkäse auf Feldsalat sein. Gefolgt von Coq au vin.

Das Dessert ist für ihn das Wichtigste. Crème brulée. Die Gänge wird er nacheinander am Vormittag vorbereiten. Darauf freut er sich schon. Die Wohnung hat er bereits gestern aufgeräumt und blitzblank geputzt. Den Tisch wird er am Nachmittag eindecken. Er hat alles geplant. Das ist seine Natur. Wieder geht sein Handy. Diesmal ein Anruf. Es ist seine Mutter, die ihm jedes Jahr als Erste gratulieren will. Es ist immer wieder das gleiche Gespräch.

Nachdem sie ihm alles Gute und Gesundheit fürs neue Lebensjahr gewünscht hat, macht sie ihn darauf aufmerksam, dass er es nur ihr zu verdanken hat, geboren zu sein. Dann erwartet sie, ebenfalls beglückwünscht zu werden. Das Ganze endet mit dem Vorwurf, dass er sich viel zu selten blicken lasse. Nun gut – er verspricht Besserung und ist erleichtert, das Gespräch beenden zu dürfen. Zehn Minuten hat sie nun die Leitung blockiert. Hoffentlich hat er nicht versucht, in der Zeit anzurufen. Der Vormittag zieht sich in die Länge und er beschließt, schon jetzt mit dem Kochen zu beginnen. Nach einigen Stunden ist er erschöpft und am Ziel. Alles ist vorbereitet. So gut, wie es eben nur geht. Er checkt sein Handy aufs Neue. Nun ist er online. Aber er meint nicht ihn. Vierundzwanzig andere Nachrichten wollen gelesen werden. Freunde und Verwandte möchten sich mitteilen und gratulieren. Er lässt die Nachrichten ungeöffnet. Nun widmet er sich der Tischdekoration. Nach einer Stunde ist er fast zufrieden. Kerzen, Blumen, sein Lieblingsgeschirr und Stoffservietten laden ein. Mittlerweile ist es Nachmittag. Noch zwei Stunden, bis er kommt. Na ja, eher drei – er ist nie pünktlich.

Es läutet an der Tür. Sein Herz geht schneller. Ob er ihn überraschen will und jetzt schon kommt? Als er die Tür öffnet, steht seine Nachbarin vor ihm.

„Hallo Jens! Ich habe gestern ein Paket für dich angenommen. Aber wir waren den ganzen Tag unterwegs, deswegen bringe ich es dir jetzt erst. Tut mir leid!"

Er schluckt und versucht, freundlich zu lächeln.

„Oh danke, Caro! Das ist aber nett. Vielen Dank!"

Er nimmt das Paket entgegen und versucht, die Konversation so schnell wie möglich zu beenden. Aber die Nachbarin fasst ihn am Arm und setzt nach.

„Sag mal – hast du nicht Lust, heute zu uns runterzukommen? Wir grillen gleich und würden uns freuen, mit dir anzustoßen!"

Es fällt ihm schwer, ihren freundlichen Augen auszuweichen. Er fühlt den Puls in seinen Schläfen und blickt verlegen zur Seite.

„Ach – hm – an sich furchtbar gerne. Aber ich habe noch so viel zu tun. Morgen steht einiges an im Büro und ich bin ein bisschen schlapp. Aber tausend Dank für die Einladung!"

Sie schaut ihn an und lächelt.

„Na gut, dann ein andermal. Schönen Sonntag noch!"

Er ist froh, die Tür wieder schließen zu dürfen.

Der Inhalt des Paketes überrascht ihn. Eine Flut bunter Konfettis lässt nach langem Wühlen ein Buch zum Vorschein kommen. Es ist ein Bildband über die Provence. Wunderschön. Ein blauer Briefumschlag findet sich ebenfalls.

Lieber Jens,
ich wünsche dir alles erdenklich Gute zu deinem 43. Geburtstag! Ich sitze hier auf meiner Terrasse unter den Platanen und trinke ein Glas Rosé bei 32 Grad und purer Lebenslust. Schade, dass du jetzt nicht hier bist! Ich hoffe, du genießt deinen Ehrentag. Falls du es dir noch anders überlegst, die Einladung, uns hier im Paradies zu besuchen, gilt selbstverständlich noch immer!

Liebe Grüße und Kuss
Deine Nina

Er muss den Brief gleich zweimal lesen, bis er ihn wieder in den Briefumschlag legt. Nun braucht er auch ein Glas Wein. Wie gerne wäre er jetzt dort! Sie hatte ihn so oft gefragt, ob er nicht kommen wolle. Immer wieder hatte er die Antwort aufgeschoben im Bewusstsein, dass er keine Wahl hatte. Seine alte, verrückte und liebenswerte Freundin Nina. Auf keinen war so Verlass wie auf sie. Aber er wollte die Chance nicht verpassen, ihn zu treffen. Einen ganzen Monat hatte er ihn nun nicht sehen können. Seine Flugzeiten hatten es nicht erlaubt. Und heute an seinem Geburtstag war glücklicherweise ein flugfreies Wochenende. Sein Handy vibriert. Er zerrt es aus der Hosentasche. Endlich – eine Nachricht von ihm.

Hi. Komme etwas später! Sorry – muss noch ne Runde pennen. Wurde spät gestern. Bis gleich, Geburtstagskind!

Sein Puls pocht im Rhythmus seiner Finger, die schnell zurückschreiben.

Hallo – macht nichts. Freue mich schon auf dich. Schlaf schön! Kuss J.

Er wartet noch einige Minuten auf eine Reaktion. Umsonst. Das zweite Glas Wein trinkt er auf seinem Balkon. Die Sonne verneigt sich langsam vor dem Tag und die Luft wird kühler. Auf der Straße spielen Kinder mit einem Ball und der Grillduft der Nachbarn steigt zu ihm auf. Wieder muss er duschen. Die Kochdüfte stören ihn. Er rasiert sich und wechselt zu schwarzer Hose und grauem Polohemd. Zurück im Wohnzimmer legt er eine alte Jazzplatte auf seinen Plattenspieler. Er zündet die Kerzen an und schaltet den Ofen ein. Das Coq au vin darf nun auf Temperatur gebracht werden. Es kann nicht mehr lange dauern. Nach einem weiteren Glas Wein erlöst ihn endlich die Schelle seiner Wohnungstür. Hastig läuft er dorthin und öffnet.

„Hallo – da bist du ja!"

„Ja, besser später als nie! Alles Gute zum Geburtstag!"

Er umarmt ihn kurz und geht dann schnellen Schrittes Richtung Küche. Er folgt ihm und seinem Parfüm.

„Möchtest du ein Glas Sekt oder direkt einen Wein?"

Sein Gast schaut in den Ofen, während er nach einem Wein verlangt.

„Das sieht ja lecker aus! Ich habe so einen Hunger!"
„Ja – Coq au vin. Dein Lieblingsessen! Es ist alles fertig! Setz dich doch!"

Nachdem die Vorspeise ihre Erfüllung gefunden hat, holt er einen Umschlag aus seiner Jackentasche.

„Dein Geschenk. Ich hoffe, es gefällt dir! Habe in letzter Sekunde die Idee gehabt."

Jens öffnet behutsam den blanken Umschlag. Er liest die Zeilen langsam und sorgfältig.

Gutschein für:
Einen Flug deiner Wahl!

„Sag mir Bescheid, wann du irgendwo hin musst. Dann kümmere ich mich ums Ticket, sitze ja an der Quelle!"

„Oh – cool! Danke."

Sie sind nun beim Hauptgang. Während der Gastgeber bemerkt, dass sein Magen kaum arbeiten kann, ohne zu krampfen, muss er beobachten, wie sein Gast isst, als hätte er keinen Morgen. Während Jens damit beschäftigt ist, den Tisch abzuräumen, um Platz fürs Dessert zu schaffen, ist der andere damit beschäftigt, seine Whats-app-Nachrichten zu beantworten. Jens räumt die Spülmaschine ein und füllt danach die Weingläser auf.

„Entschuldige mich bitte! Ich muss mal auf die Toilette."

Mit dem Handy in der Hand verlässt er den Tisch Richtung Badezimmer. Jens geht auf den Balkon. Wieder beginnt er die Sterne zu zählen. Er ist weit über 43, als er merkt, dass er nicht mehr allein ist.

„Sag mal – könntest du mir gleich dein Auto leihen? Ich muss dringend mobil sein heute Nacht."

„Ich dachte, du bleibst hier! Wo musst du denn noch hin?"

Der Wein in seinem Glas gerät in Bewegung.

„Ach, grad hat ein Freund angerufen, der meine Hilfe braucht. Komplizierte Geschichte. Also geht das jetzt in Ordnung oder nicht!?"

Die Temperatur scheint auf einmal rapide zu sinken. Jens zittert.

„Und die Crème brulée? Ich meine, die wartet doch noch."
„Du, ich bin eh total voll. Aber war echt total nett bei dir!"
Kurz legt er seinen Arm um ihn und grinst ihn an.
„Ja, natürlich leihe ich dir den Wagen – kein Problem!"
„Cool – danke!"
Nun streicht er mit seiner Hand über Jens' Haar, um dann zurück ins Wohnzimmer zu kehren. Jens folgt ihm und begleitet ihn zur Tür.

Er nimmt den Autoschlüssel aus seiner Jackentasche und überreicht ihn. Dann ist er auch schon allein.

Es sind die Erwartungen,
die uns der Freiheit berauben.

Die Autorin

Nach dem Studium der Wirtschaftswissenschaften widmete sich Cathrin Tebarth in den folgenden Jahren voller Freude der Begleitung und Erziehung ihrer zwei Söhne sowie der Betreuung ihrer Nachhilfeschüler. Im Rahmen ihrer ehrenamtlichen Tätigkeit in der örtlichen Bücherei, die sie ein Jahr lang leiten durfte, konnte sie ihrer Lese- und Vorleselust nachgehen und zudem einige Zeitungsartikel verfassen. Inspiriert durch eine besondere Begegnung und Freundschaft kam sie dann so richtig zum Schreiben – seit nun einem Jahr fast ohne Unterlass. Ihre Geschichten sind geprägt von einer Aufbruchsstimmung und menschlichen Begegnungen, erzählt aus den unterschiedlichsten Blickwinkeln. Wenn Cathrin Tebarth nicht gerade schreibt, dann liest sie gerne, spielt Klavier, reist, kocht und geht ins Theater und in die Oper.

novum 🕮 VERLAG FÜR NEUAUTOREN

Der Verlag

„ *Wer aufhört besser zu werden, hat aufgehört gut zu sein!*

Basierend auf diesem Motto ist es dem novum Verlag ein Anliegen neue Manuskripte aufzuspüren, zu veröffentlichen und deren Autoren langfristig zu fördern. Mittlerweile gilt der 1997 gegründete und mehrfach prämierte Verlag als Spezialist für Neuautoren in Deutschland, Österreich und der Schweiz.

Für jedes neue Manuskript wird innerhalb weniger Wochen eine kostenfreie, unverbindliche Lektorats-Prüfung erstellt.

Weitere Informationen zum Verlag und seinen Büchern finden Sie im Internet unter:

w w w . n o v u m v e r l a g . c o m